Analyse de l'œuvre

Par Clarisse Spies

Les Hirondelles de Kaboul

de Yasmina Khadra

lePetitLittéraire.fr

Rendez-vous sur lepetitlitteraire.fr et découvrez :

Plus de 1200 analyses
Claires et synthétiques
Téléchargeables en 30 secondes
À imprimer chez soi

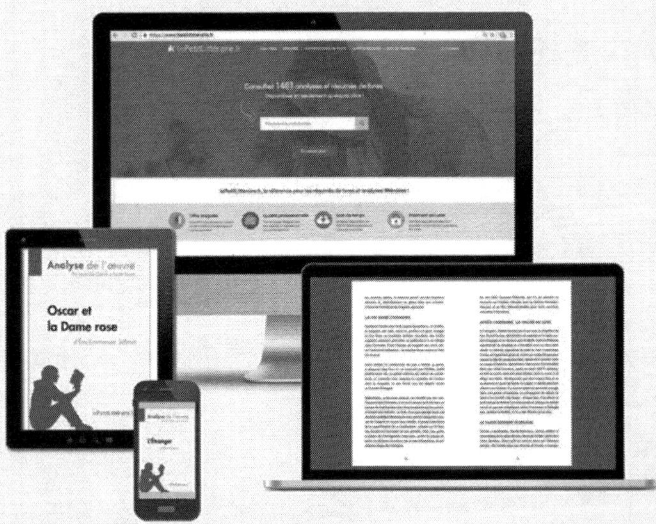

YASMINA KHADRA

ÉCRIVAIN ALGÉRIEN

- **Né en 1955 à Kenadsa (Sahara algérien)**
- **Quelques-unes de ses œuvres :**
    - *L'Attentat* (2005)
    - *Ce que le jour doit à la nuit* (2008)
    - *La Dernière Nuit du Raïs* (2015)

Yasmina Khadra est le pseudonyme de l'écrivain algérien Mohammed Moulessehoul, créé à partir des deux prénoms de son épouse. Né en 1955 d'un père infirmier actif de l'ALN (Armée de Libération Nationale, Algérie) et d'une mère nomade, Mohammed fait ses études dans un lycée militaire avant d'entamer une carrière de 36 ans dans l'armée, pendant laquelle il atteindra le grade de commandant.

Il quitte l'armée en 2000 pour se consacrer à sa carrière d'écrivain. Il écrit d'abord sous son propre nom, puis sous divers pseudonymes à partir de 1989. En 1997, il publie *Morituri*, premier roman de la série du commissaire Brahim Llob, sous le pseudonyme de Yasmina Khadra, qui le révèle au grand public. Après un court séjour au Mexique avec sa femme et ses trois enfants, il s'établit en 2001 en France, à Aix-en-Provence, où il vit encore.

Il reçoit de nombreux prix littéraires durant sa carrière, notamment pour *Les Hirondelles de Kaboul*, couronné du prix du salon littéraire de Metz (2003) et du prix des Libraires algériens (2003), élu meilleur livre de l'année aux États-Unis par le *San Francisco Chronicle* et le *Christian Science Monitor* (2005), et finaliste de l'International IMPAC Dublin Literary Award (2006).

LES HIRONDELLES DE KABOUL

SURVIVRE AU CŒUR DE LA VIOLENCE

- **Genre :** roman
- **Édition de référence :** *Les Hirondelles de Kaboul*, Paris, Pocket, 2004, 148 p.
- **1re édition :** 2002
- **Thématiques :** Afghanistan, guerre, oppression, désespoir, condition de la femme, solitude, taliban.

Le roman relate l'histoire de deux couples survivants dans une Kaboul dévastée par les guerres et régie d'une main de fer par le régime taliban. Atiq Shaukat, ancien moudjahidine, est geôlier et s'occupe des prisonniers destinés à mourir. Il vit avec son épouse Mussarat, atteinte d'une maladie incurable. Mohsen Ramat, homme aisé par le passé, survit soudé avec son épouse Zunaira, ancienne avocate qui a perdu le droit d'exercer à cause des nouvelles lois basées sur la charia. Ces quatre personnages traversent les chapitres au gré des tragédies dont ils sont témoins : exécutions publiques, libertés perdues, manque de nourriture. Ils vivent en perdant un à un l'espoir de revoir leurs rêves de modernité et de liberté.

RÉSUMÉ

UN DÉCOR INFERNAL

Le roman s'ouvre sur la description d'une Kaboul émergeant de l'enfer, aux mains des talibans, régie par la charia : chaleur insoutenable, terres dévastées par les batailles, mort et laideur. « Et pourtant, c'est ici aussi, dans le mutisme des rocailles et le silence des tombes [...] qu'est née notre histoire comme éclot le nénuphar sur les eaux croupissantes du marais. » (p. 9)

Atiq Shaukat se hâte pour se rendre à la prison de laquelle il est geôlier : une exécution publique doit avoir lieu, et il est en retard car sa femme Mussarat, atteinte d'une maladie incurable, a dû être conduite d'urgence à l'hôpital. Il en souffre mais ne se résout pas à la répudier, parce qu'elle lui a sauvé la vie des années auparavant. Il traverse tant bien que mal la ville pour aller chercher la prisonnière : une femme adultère emmenée pour être lapidée par la foule. Il retrouve sur place Qassim Abdul Jabbar, petit dirigeant taliban, pour lui livrer la condamnée.

Sur la place de l'exécution, on rencontre Mohsen Ramat, ancien négociant prospère qui exècre ces spectacles barbares. Malgré cela, il se prend sans réfléchir à participer au lynchage de la condamnée. Immédiatement, il est rongé par la honte et les remords d'avoir cédé à cette impulsion.

LES PRISES DE CONSCIENCE

Atiq quitte ensuite la prison sans savoir où aller : il est la proie d'un malêtre, il fuit les rues infestées de mendiants, de marchands et d'orphelins. Où aller ? Son oncle est à moitié fou, son épouse est malade et il veut plus que tout être tranquille. Il ne comprend pas pourquoi il a survécu aux guerres en tant que combattant, pour ensuite vivre dans ce monde dévasté et géré par les intégristes. En errant au détour d'une rue, il est happé par Mirza Shah, son ami d'enfance, qu'il avait retrouvé parmi les moudjahidines (combattants qui s'engagent, au nom de la foi musulmane, dans un djihad, ou « guerre sainte »), à l'aube de l'invasion russe.

Mohsen retrouve Zunaira, sa magnifique épouse, avec laquelle il vit en totale harmonie. Ancienne avocate, elle ne peut plus exercer à cause du nouveau régime qui empêche les femmes de travailler. Il lui avoue avec honte qu'il a participé au lynchage public. Zunaira n'en revient pas, ne peut pas l'accepter, et le couple démarre sa descente aux enfers.

Atiq se rend le lendemain à la prière, à l'appel du muezzine. Il observe, dans la cour, les vieillards et les blessés de guerre qui échangent à propos de leurs faits d'armes. Il finit par rentrer chez lui et retrouve Mussarat qui s'est fait violence pour se lever, nettoyer et lui préparer à manger. Malgré cela, ils se disputent et Atiq quitte la maison. Il décide de passer la nuit sur son lit de camp, dans son minuscule bureau à la prison. Là, le vieux Nazish, un pauvre homme à moitié fou, vient le voir et lui amène de quoi manger. Nazish lui parle à nouveau de son souhait de prendre ses affaires et de quitter la ville sans se retourner, pour échapper à l'horreur de Kaboul. Atiq lui dit cruellement qu'il ne le fera jamais, et les deux hommes se quittent sur cette dispute.

Atiq ne comprend pas pourquoi il est devenu si cruel. Il se dispute avec tout le monde et sans raison valable. Il se sent changé, il sent qu'il n'a plus d'espoir. Le lendemain, il va s'excuser auprès de Nazish, qui finira cependant par s'en aller en escaladant, malgré son âge avancé, les rochers pour quitter Kaboul définitivement.

LA DESCENTE AUX ENFERS

Zunaira et Mohsen, réconciliés, décident d'aller se promener en ville, comme par le passé, avant la dictature sous laquelle ils vivent. Zunaira, qui ne sort plus depuis que le tchadri, tenue traditionnelle recouvrant tout le corps, est obligatoire, enfile ce vêtement si déshonorant pour faire plaisir à son mari et aller se promener.

Mais très vite, les miliciens talibans obligeront Mohsen à aller à la mosquée. Zunaira doit attendre, suffoquant sous son tchadri, devant l'édifice religieux. La prière est interminable. Quand enfin ils peuvent rentrer chez eux, Zunaira a changé. Elle ne veut plus enlever le tchadri, n'adresse plus la parole à son mari, ne veut plus le voir.

Mohsen ne peut plus supporter le silence de sa femme : « Cela fait dix jours [...], dix jours à vivre dans un délire ubuesque, une totale infirmité. » (p. 97) Il rentre chez lui et tente une nouvelle fois de lui parler, mais la dispute tourne mal : Mohsen fait une chute fatale.

Peu après, Atiq, toujours aussi désespéré et en proie à ses tourments, à la prison, reçoit un milicien qui lui annonce l'arrivée d'une nouvelle prisonnière : Zunaira est condamnée à mort. En fin d'après-midi, sur le fond sonore d'une bataille qui s'achève, Qassim amène la prisonnière. Elle restera quelques jours pour être ensuite exécutée lors d'un grand meeting avec des personnages de hauts rangs. Pour divertir le peuple, une dizaine d'exécutions seront ensuite menées au stade.

Une fois seul avec Zunaira, il l'observe et, très vite, il est subjugué par tant de beauté. À part Mussarat, il n'avait plus vu le visage d'une femme depuis longtemps, puisqu'elles sont toutes enfermées dans leur tchadri : des « nuées d'hirondelles en décrépitude » (p. 111). Il est comme envoûté par Zunaira. Mussarat comprend qu'il n'est pas comme d'habitude. Il se sent bien, après tant de temps à errer pris par un malêtre incessant. Il raconte à Mussarat l'arrivée de la prisonnière, sa beauté, sa fascination ; Mussarat est heureuse de voir que son mari est enfin capable d'éprouver une émotion, et propose même de faire à manger pour cette femme qui lui a redonné vie.

Durant les jours qui suivent, Atiq et Zunaira parlent. Le geôlier se rend compte qu'elle n'est pas coupable, qu'il ne s'agit que d'un accident. Il imagine toutes les façons de lui éviter le châtiment ultime. Il ouvre même la cellule pour permettre à Zunaira de s'enfuir. Mais celle-ci reste impassible.

> « Je ne les laisserai pas vous tuer.
>   – Nous avons tous été tués. Il y a si longtemps que nous l'avons oublié. » (p. 124)

LE SACRIFICE ULTIME

Mussarat finit par comprendre qu'Atiq est amoureux de la prisonnière. Elle en est ravie, car elle voit que son mari, prisonnier de ses tourments depuis toujours, et enfin libre et capable d'aimer. Atiq retourne à la prison pour quelques derniers instants avec Zunaira, avant son exécution à l'aube. Et là, de manière inopinée, se présente Mussarat, avec un plan : elle prendra la place de Zunaira, de toute façon elle est condamnée par sa maladie. Personne ne verra la diffé-rence, à cause du tchadri qui couvre le corps et le visage. Zunaira attendra dans le bureau d'Atiq, se fera passer pour sa femme, puis partira. Alors Atiq va chercher Zunaira, lui ment et lui dit qu'elle a été disculpée, et la fait attendre dans son bureau.

Les choses s'enchainent ensuite rapidement : Qassim Abdul Jabbar vient chercher la prisonnière, et emmène ensuite sa famille ainsi que la femme d'Atiq, qui n'est autre que Zunaira, au stade, pour assister aux exécutions. Atiq donne les consignes à Zunaira : l'attendre à la sortie du stade, puis ils partiront. Mais à la fin des « festivités », il ne la voit pas. Il la cherche partout, avant de sombrer dans la folie. Il erre jusqu'au cimetière pour trouver la tombe de Mussarat, puis retourne en ville. Son visage marqué et ses vêtements dé-chirés lui donnent un air aliéné. Il fait peur aux femmes, aux enfants ; les hommes s'en mêlent et les coups volent bientôt sur lui de toutes parts. Blessé, Atiq ferme les yeux dans la bagarre, et meurt en espérant que son sommeil sera aussi « impénétrable que les secrets de la nuit » (p. 148).

ÉTUDE DES PERSONNAGES

ATIQ SHAUKAT

Atiq, 42 ans, est geôlier dans une prison de Kaboul. Son métier n'a pour lui aucun mérite : c'était un brave combattant moudjahidine par le passé, et il se retrouve à survivre dans une profession sans intérêt faite de solitude et de mort. « Ce constat le met sans cesse en rogne. [...] Il a l'impression de s'enterrer vivant. » (p. 17)

Vingt ans auparavant, il a épousé Mussarat, qui l'avait soigné et sauvé lors d'un combat. Atiq est un homme qui vit au milieu de ses tourments : sensible auparavant, il a développé une « étrange agressivité qui semble seoir à ses états d'âme » (p. 68).

Atiq change du tout au tout après sa rencontre avec Zunaira : l'espoir semble revenir au travers de cette fascination. Quand il comprend qu'elle peut être sauvée grâce à Mussarat, il entrevoit une nouvelle vie possible. Mais à la suite de l'exécution, il n'est plus que l'ombre de lui-même, coupable de la mort de sa femme et aliéné par la perte de Zunaira, qui a disparu.

MUSSARAT SHAUKAT

Épouse d'Atiq, Mussarat est atteinte d'un mal incurable. Elle a rencontré son mari lorsque son peloton a été défait par les troupes communistes. Elle l'a soigné, caché dans son village et mis à l'abri au péril de sa vie. Leur mariage est de ce fait plus un signe de gratitude de la part d'Atiq qu'un réel mariage d'amour ; elle n'est pas jolie, atteinte d'une calvitie naissante, elle sait qu'il lui reste peu de temps à vivre. Malgré ses douleurs, elle essaie de son mieux de jouer son rôle d'épouse en tenant la maison et préparant les repas lorsqu'elle y parvient.

Mussarat est consciente qu'il n'y a pas d'amour dans son mariage et qu'ils sont dans l'impossibilité de communiquer. Elle fait de son mieux pour « mériter [Atiq] coûte que coûte » (p. 47), mais sans parvenir à lui être agréable. Ainsi, lorsqu'elle se rend compte que son mari est à nouveau heureux et libre après avoir rencontré Zunaira au cachot, elle décide de donner sa vie pour son bonheur.

MOHSEN RAMAT

Issu de la bourgeoisie afghane, Mohsen était, avant la guerre, un éminent négociant. Mais la guerre lui a tout pris, et il ne lui reste plus que Zunaira, sa femme, qu'il a rencontrée à l'université. C'est l'amour qui le maintient en vie, et le couple, bien que dépouillé de tout, continue d'espérer grâce à cet amour.

Mais Mohsen perdra sa raison de vivre au fur et à mesure du roman ; d'abord quand il avoue à Zunaira sa participation au lynchage public, ensuite lorsque, après leur promenade interrompue par les talibans, elle n'aura plus qu'une haine malsaine envers toute autorité masculine. À ce moment, « il se sent devenir fou » (p. 95). Malheureusement, dans une dernière tentative de raisonner Zunaira, il tombe, la tête sur un carafon, et meurt, scellant ainsi le funeste destin de sa femme. La guerre a fini par lui prendre le peu qu'il lui restait : son épouse, et sa vie.

ZUNAIRA RAMAT

Zunaira est une femme éduquée de 32 ans : devenue avocate après l'université, elle militait activement pour les droits des femmes. D'une beauté sans pareille, elle est attentionnée et aimante envers son mari. Elle subit le fait de ne plus pouvoir travailler à cause des talibans, et aspire avec Mohsen à une vie meilleure et moderne dans le futur. Elle refuse même de sortir de chez elle pour ne pas avoir à enfiler son tchadri, sans lequel elle ne peut sortir, pour garder ses principes : « Ne me demande pas d'être moins qu'une ombre, un froufrou anonyme lâché dans une galerie hostile. » (p. 62)

Malheureusement, lorsqu'elle est obligée par un milicien d'attendre son mari, lui-même forcé d'assister au prêche du mollah, en dehors de la mosquée, quelque chose se passe en elle : « Et ce dégout, Zunaira le perçoit nettement ; il fermente en elle, lui consume les tripes et menace de l'immoler. » (p. 76) À partir de là, la colère s'empare d'elle et elle ne peut plus supporter la présence d'aucun homme. Après le décès de Mohsen, elle est condamnée à mort et se retrouve dans les geôles d'Atiq avant de disparaitre à la suite de l'exécution de Mussarat. Vaincue par la guerre, elle est déjà morte au fond d'elle-même.

QASSIM ABDUL JABBAR

Qassim, patron d'Atiq, est un petit chef taliban. Fier et sans vergogne, il accomplit les tâches demandées sans faillir. Courageux combattant, bon milicien, il aspire à de petites ambitions : devenir le directeur de la sinistre prison de Pul-e-Charki pour s'élever au rang de notable et ensuite se lancer dans les affaires. Il fait aveuglément respecter les lois, faisant fi de tout sentimentalisme : il a de nombreuses épouses, il va rapidement enterrer sa mère et préfère revenir à Kaboul que de rester au village.

Il représente l'exemple de l'exécutant fanatique : un outil du système, docile et égoïste, qui inspire la peur autour de lui et en est fier. Lorsqu'il rencontre Atiq, il lui résume sa philosophe de vie :

> « Si tu pars du principe que l'existence n'est qu'une épreuve, tu es équipé pour gérer ses peines et ses surprises. Si tu persistes à attendre d'elle ce qu'elle ne peut te donner, c'est la preuve que tu n'as rien compris.» (p. 91)

MIRZA SHAH

Ami d'enfance d'Atiq qu'il a retrouvé au combat, moudjahidine dévoué, ce personnage qui a refusé des postes à responsabilités après le retrait des troupes soviétiques vit à présent de toute sorte de trafics et de contrebande. Il graisse la patte aux autorités et peut donc vivre tranquillement dans la tourmente. Partisan de la polygamie, il tentera de convaincre Atiq de répudier Mussarat pour se faciliter la vie. Il fait partie de ceux qui ont accepté la vie dans ce nouveau système taliban, n'hésitant pas à critiquer les femmes et signifier leur âme sournoise.

Il ne pense pas à se révolter, n'est pas atteint de désespoir ; il se contente de ce qui est et agit en fonction. « Nous avons toujours vécu de cette façon. Le roi parti, une autre divinité l'a remplacé. [...] Ceux qui attendent de voir surgir une nouvelle ère de l'horizon perdent leur temps. » (p. 23)

NAZISH

Nazish est un homme d'une soixantaine d'années, au visage émacié, qui par le passé était muphti, érudit et faisait partie des notables de Kaboul. La guerre lui a pris ses fils et sa raison. À présent, à moitié fou, il regarde passer les jours avec indifférence, regrettant le passé, le chant et la musique, qui représentaient la joie, maintenant interdite à Kaboul. Il passe son temps à dire qu'il va partir avec son balluchon, mais personne n'y croit. Il incarne ce désarroi qui est dans chacun des personnages. La fuite est la seule solution d'espoir : Nazish finira par partir, et sera le seul à échapper à cet enfer.

> « Il veut se rendre dans ce pays qu'il a puisé de ses utopies, construit avec ses soupirs et ses prières, et ses vœux les plus chers ; un pays où les arbres ne meurent pas d'ennui, où les sentiers voyagent au même titre que les oiseaux, où personne ne viendrait mettre en doute sa détermination de parcourir les contrées immuables d'où il ne reviendra jamais. » (p. 82)

CLÉS DE LECTURE

LA GUERRE D'AFGHANISTAN

Le roman se déroule dans un contexte de guerre qui s'installe en Afghanistan à partir de la fin des années soixante-dix.

Dans sa première phase, la guerre d'Afghanistan oppose pendant dix ans, entre 1979 et 1989, l'URSS aux moudjahidines. Entrées en Afghanistan pour soutenir le PDPA (Parti démocratique populaire afghan), qui tentait d'instaurer des réformes marxistes ne concordant pas avec les traditions conservatrices afghanes (droits des femmes, alphabétisation, athéisme de l'État, etc.), les troupes soviétiques cherchent à écraser toute velléité d'opposition islamique au régime communiste en place. Très vite, la résistance musulmane, c'est-à-dire l'armée des moudjahidines, se crée contre l'envahisseur soviétique, soutenue notamment par la CIA, les États-Unis et l'Occident. Après des années de combats et des négociations qui n'aboutissent pas, les Soviétiques se retirent en 1989 sous l'ordre de Gorbatchev (homme d'État russe, né en 1931).

Une seconde phase de la guerre d'Afghanistan commence alors. Après le départ de l'Armée rouge, la guerre civile prend rapidement de l'ampleur entre les moudjahidines, soutenus par les États-Unis, et l'armée afghane mise en place par le gouvernement communiste, disposant encore du matériel militaire laissé par les Soviétiques. Le régime communiste accumule les victoires, jusqu'à ce que l'URSS ne puisse plus acheminer la nourriture, le carburant et les armes promises.

Kaboul est reprise par les moudjahidines en 1992.

Après le retrait des troupes soviétiques en 1989 et l'effondrement du régime communiste en 1992, les partis politiques afghans concluent l'accord de paix de Peshawar (24 avril 1992) qui établit l'État islamique d'Afghanistan. Mais l'accord n'est pas respecté et les combats font rage entre différentes factions de moudjahidines, qui finiront d'épuiser les ressources de Kaboul et de plonger la ville dans la pauvreté et la dévastation.

Dès 1994, le mouvement taliban prend de l'ampleur, décidé à libérer le pays de tous ces combats et à créer un gouvernement basé sur l'application de la charia. Les talibans sont soutenus par une population fatiguée des guerres. En 1996, après des affrontements meurtriers, ils s'emparent de Kaboul et imposent leur loi de manière stricte et violente. Mais la guerre civile avec les opposants continue de faire rage...

Atiq, Mussarat, Mohsen et Zunaira vivent dans cette Kaboul meurtrie et soumise au joug des talibans.

LA DÉVASTATION

Le thème de la dévastation apparait à plusieurs niveaux dans le roman. Tout d'abord au niveau de la ville, dans une description très visuelle et olfactive. Ensuite au niveau de la foule qui vit à Kaboul : le physique et les agissements des habitants traduisent leur esprit avili par la guerre.

Kaboul la dévastée

Kaboul apparait, dès les premiers mots du roman, comme une ville dévastée après les combats. « L'après » guerre n'apporte pas de paix, de reconstruction ; au contraire, les mots choisis par l'auteur traduisent cette oppression qui persiste à cause de la domination des talibans.

> « Plus rien ne sera comme avant, semblent dire les routes crevassées, les collines teigneuses, l'horizon chauffé à blanc et le cliquetis des culasses. La ruine des remparts a atteint les âmes. La poussière a terrassé les vergers, aveuglé les regards et cimenté les esprits. » (p. 7-8)

Les mots utilisés ici se rapportent tant à des éléments de la ville (routes, vergers, etc.) qu'aux âmes qui y vivent (regards, esprits). Ainsi, l'auteur utilise la description du *no man's land* laissé par les batailles pour représenter également l'état d'esprit de la population, pour la majorité appauvrie et opprimée.

Les champs lexicaux utilisés tout au long du roman pour décrire cette ville en ruine et sa population déchue sont basés sur les sens de la vue, de l'ouïe et de l'odorat : puanteur des bêtes crevées (p. 8), effluves et exhalaisons des produits avariés (p. 9), tache rouge (p. 16), chorale dissonante (p. 18), eau malodorante (p. 19), piaillements/hurlements (p. 20), gémissements, odeurs de bêtes mourantes (p. 34), odeur qui empuantit (p. 37), etc. Par ce biais, le lecteur plonge par ses sens dans cette ville qui n'est plus que l'ombre d'elle-même et ressent lui aussi le dégout que ces ruines peuvent inspirer aux personnages.

La chaleur est aussi très présente dans les mots choisis et traduit une atmosphère désertique et chaotique :

> « deux palmiers calcifiés dressés dans le ciel comme les bras d'un supplicié » (p. 7)

> « Tout autour, l'aridité se surpasse. On dirait qu'elle ne se dénude que pour accentuer le désarroi des hommes coincés entre la rocaille et les canicules. Les rares liserés de verdure qui daignent se manifester par endroits ne promettent aucune éclosion ; leurs herbes brûlées s'effritent au moindre frémissement. Gigantesques hydres déshydratées, les rivières languissent dans leurs lits défaits. » (p. 86-87)

Ainsi, à travers la représentation de la nature, le lecteur saisit l'absence de tout espoir, comme une plante qui ne pourra jamais repousser dans un univers aussi aride et infernal.

La foule désespérée

Le thème de la dévastation est également personnifié à travers la foule, représentée régulièrement dans les rues de Kaboul. Que ce soit lors d'évènements publics ou simplement autour des personnages principaux qui se promènent ou qui errent, on rencontre souvent la population de la ville. La manière dont est décrite cette populace est plutôt péjorative, métaphore filée du désespoir et de l'enfer que subit la cité. On rencontre ainsi nombre de mendiants et d'orphelins qui glanent à manger, et qui sont si insistants qu'il faut les écarter à coup de cravache. On aperçoit aussi des anciens combattants infirmes, qui se rassemblent devant la mosquée pour tenter de redorer leur blason d'infirme en narrant les hauts faits militaires auxquels ils ont pris part. Les miliciens talibans sont décrits en général avec les traits marqués, les vêtements sales et débraillés, tandis que les miliciennes sont emmitouflées dans leur tchadri. On distingue encore des marchands vendant des marchandises avariées. Une foule anonyme donc, mais qui représente bien l'atmosphère dans laquelle progressent nos personnages : comment trouver un sens à leur vie ou un peu d'espoir quand on est entouré de telles figures ?

> « Les boutiquiers ont mis leur sourire au placard. Les fumeurs de tchelam se sont volatilisés. Les hommes sont retranchés derrière les ombres chinoises et les femmes, momifiées dans des suaires de couleur de frayeur ou de fièvre, sont absolument anonymes. » (p. 13)

La foule anonyme est personnalisée dans certains personnages, pour représenter les différentes catégories de personnes : par exemple, Qassim, le milicien intégriste défenseur du régime ; Nazish, ce nostalgique du passé, qui veut que ça change et qui s'enfuit ; Mirza Shah, celui qui s'accommode de ce qui arrive de manière cynique.

La foule ne se réunit plus que pour les évènements publics ou les prières. Un esprit diabolique s'empare de cette multitude lors des exécutions publiques, évènements mis en place uniquement pour faire peur et ainsi consolider le régime de terreur, mais aussi pour divertir la foule comme au temps des gladiateurs : *panem et circenses* (du pain et des jeux).

> « Les prestigieux convives vont se délecter au gré des exécutions publiques, saluant l'application de la charia [...]. Y

compris Kaboul la maudite qui apprend tous les jours à tuer et à dévivre, les liesses sur cette terre étant devenues aussi atroces que les lynchages. » (p. 122)

LA VISION DU COUPLE

Les personnages principaux de l'histoire sont les couples Atiq-Mussarat et Mohsen-Zunaira. Ces deux couples représentent bien plus que des personnes qui survivent.

Atiq et Mussarat se sont mariés selon les habitudes de la culture conservatrice, c'est-à-dire sans amour, mais selon les préceptes religieux de l'islam. Atiq a pris pour femme Mussarat parce qu'elle l'a aidé ; il s'agit plutôt d'un signe de reconnaissance. Au fur et à mesure, l'autorité d'Atiq a relégué Mussarat à la soumission. Elle éprouve ainsi un perpétuel sentiment de culpabilité, dû notamment à sa maladie et son infertilité (« je veux m'acquitter de mon devoir d'épouse jusqu'au bout », p. 43 ; « j'ai le sentiment de faillir à mes obligations d'épouse », p. 44). Mussarat s'identifie donc au statut de femme soumise à son mari, lui devant obéissance selon l'interprétation abusive des mollahs qui prêchent cette condition féminine rétrograde. Ce couple semble apprécier de manière modérée le régime taliban, qu'il juge avoir été mis en place pour venir en aide à la population afghane après tous ces conflits armés. Physiquement, l'auteur les représente comme peu attractifs, en proie à l'usure et la maladie.

Le couple formé par Mohsen et Zunaira est opposé en tout au précédent. Ces deux personnages se sont mariés parce qu'ils s'aimaient. Ils sont beaux, éduqués, jeunes. Ils ne cautionnent absolument pas le régime taliban, considérant leurs lois primitives et allant à l'encontre de la liberté. Zunaira, diplômée de l'université, n'a même plus le droit de travailler ni de sortir sans tchadri. Elle se sent alors déshumanisée par les talibans, oppresseurs injustes : « Avec ce voile maudit, je ne suis ni un être humain ni une bête, juste un affront ou une opprobre que l'on doit cacher telle une infirmité. » (p. 62) Mohsen a perdu son commerce et a vendu ses biens pour survivre. Lui aussi rêve d'un avenir fait de modernité et de justice. Cependant, ils se soumettent contre leur gré aux nouvelles lois pour éviter les représailles, en espérant que les temps changent.

L'auteur semble prendre position dans la représentation physique des couples : le premier couple, qui cautionne le régime, est plutôt laid et usé ; le second, progressiste et en faveur des mêmes droits entre l'homme et la femme, est beau et jeune. Ainsi, le lecteur pourrait faire une analogie manichéenne en mettant Atiq et Mussarat du côté du mal et Mohsen et Zunaira du côté du bien. Mais ces stéréotypes se briseront : Mohsen participe à la lapidation, en dépit de tous ses principes ; Atiq retrouve un sentiment humain, un sentiment d'amour.

LA SOLITUDE ET LA NON-COMMUNICATION

Tout au long du roman, les personnages s'enferment eux-mêmes dans un mutisme récurrent. Les passants écartent les mendiants à coup de cravache « qui est devenue la langue nationale » (p. 95). Les femmes sont dissimulées dans les tchadri. On ne peut plus rire dans la rue ni écouter la radio.

En définitive, chacun est coupé des autres et du monde.

Il en est de même pour les personnages des couples : Atiq préfère fuir sa femme et ne pas rentrer chez lui, dormir à la prison ou encore quitter la maison au moindre désaccord : « Mon mari ne me parle plus. [...] Pour une fois que nous avons l'occasion de bavarder, tâchons de ne pas nous chamailler. » (p. 44) Atiq ne supporte même plus d'interagir avec qui que ce soit, il ne communique plus et s'enferme dans sa forteresse de solitude : « Je ne supporte ni la pénombre ni la lumière du jour, ni d'être assis ni d'être debout, ni les vieillards ni les enfants, ni le regard des gens, ni leur main sur moi. C'est à peine si je me supporte. Suis-je en train de devenir fou à lier ? » (p. 35)

Du côté de Mohsen et de Zunaira, après l'épisode de la promenade, ils s'isolent encore plus, chacun de leur côté : « Zunaira s'est repliée derrière un mutisme accablant [...]. Dès qu'il sort de chez lui, il se dépêche de regagner le vieux cimetière et s'isole ainsi des heures durant. » (p. 86)

On en conclut que les relations dans le roman manquent de communication ; chacun est libre sur papier, mais prisonnier d'un monde régi par les talibans, d'une Kaboul en ruine, du manque et de la pauvreté. La solitude est ainsi renforcée et gagne toute la ville. Chacun semble parler sans être entendu par les autres : personne ne croit le vieux Nazish, les plaintes de Zunaira restent sans réponse, les aumônes des mendiants sont ignorées.

Les personnages ne sont même plus capables de s'écouter eux-mêmes : « Mohsen n'a plus de repères, ni la force d'en réinventer d'autres. [...] Réduit au rang d'intouchable, il végète au jour le jour, reportant à plus tard la promesse de se reprendre en main. » (p. 63)

PISTES DE RÉFLEXION

QUELQUES QUESTIONS POUR APPROFONDIR SA RÉFLEXION…

- Lisez le prêche du mollah Bashir entre les pages 72 et 75. Que pensez-vous de ces dires ? Êtes-vous d'accord avec lui ? Pourquoi ?
- Donnez l'exemple de deux figures de « personnification » dans le livre. Qu'est-ce que cela amène comme effet selon vous ?
- Qui sont les hirondelles de Kaboul ? Pourquoi ce titre ?
- Pourquoi la condamnée est-elle lynchée au début du roman ? Que pensez-vous de ce genre de pratique ?
- Commentez cette citation qui décrit Kaboul : « C'est le chaos dans le chaos, le naufrage dans le naufrage, et malheur aux imprudents. » (p. 57)
- Selon vous, quelles sont les raisons pour lesquelles Zunaira est fâchée sur son mari ? Expliquez.
- Si vous deviez choisir un personnage à qui vous identifier dans le roman, lequel serait-ce ? Que feriez-vous à sa place pour changer les aspects négatifs de sa vie ?
- Qui sont les moudjahidines ? Pourquoi se battaient-ils ?
- Quelles sont les différences entre talibans et moudjahidines ?
- Commentez la phrase de Mussarat : « Au pays des sans regrets, la grâce ou l'exécution ne sont pas l'aboutissement d'une délibération, mais l'expression d'une saute d'humeur. » (p. 133)

POUR ALLER PLUS LOIN

ÉDITION DE RÉFÉRENCE

- Khadra Y., *Les Hirondelles de Kaboul*, Paris, Pocket, 2004.

ÉTUDE DE RÉFÉRENCE

- Kadari L., *De l'utopie totalitaire aux œuvres de Yasmina Khadra, approches des violences intégristes*, Paris, L'Harmatan, 2007.

ADAPTATIONS

- *Les Hirondelles de Kaboul*, film d'animation de 80 minutes réalisé par Zabou Breitman et Eléa Gobbé-Mervellec, équipe « Les Armateurs », sortie prévue en 2017.
- *Les Hirondelles de Kaboul*, adaptation théâtrale par la Compagnie Vue Sur Scène (France dès 2010, Turquie, Brésil, Équateur).
- *Les Hirondelles de Kaboul*, théâtre de marionnettes par la Compagnie nomade (France, Festival d'Avignon 2013).

SUR LEPETITLITTÉRAIRE.FR

- Fiche de lecture *L'Attentat*, Yasmina Khadra.
- Fiche de lecture *Ce que le jour doit à la nuit*, Yasmina Khadra.

Retrouvez notre offre complète sur lePetitLittéraire.fr

- des fiches de lectures
- des commentaires littéraires
- des questionnaires de lecture
- des résumés

ANOUILH
- Antigone

AUSTEN
- Orgueil et Préjugés

BALZAC
- Eugénie Grandet
- Le Père Goriot
- Illusions perdues

BARJAVEL
- La Nuit des temps

BEAUMARCHAIS
- Le Mariage de Figaro

BECKETT
- En attendant Godot

BRETON
- Nadja

CAMUS
- La Peste
- Les Justes
- L'Étranger

CARRÈRE
- Limonov

CÉLINE
- Voyage au bout de la nuit

CERVANTÈS
- Don Quichotte de la Manche

CHATEAUBRIAND
- Mémoires d'outre-tombe

CHODERLOS DE LACLOS
- Les Liaisons dangereuses

CHRÉTIEN DE TROYES
- Yvain ou le Chevalier au lion

CHRISTIE
- Dix Petits Nègres

CLAUDEL
- La Petite Fille de Monsieur Linh
- Le Rapport de Brodeck

COELHO
- L'Alchimiste

CONAN DOYLE
- Le Chien des Baskerville

DAI SIJIE
- Balzac et la Petite Tailleuse chinoise

DE GAULLE
- Mémoires de guerre III. Le Salut. 1944-1946

DE VIGAN
- No et moi

DICKER
- La Vérité sur l'affaire Harry Quebert

DIDEROT
- Supplément au Voyage de Bougainville

DUMAS
- Les Trois Mousquetaires

ÉNARD
- Parlez-leur de batailles, de rois et d'éléphants

FERRARI
- Le Sermon sur la chute de Rome

FLAUBERT
- Madame Bovary

FRANK
- Journal d'Anne Frank

FRED VARGAS
- Pars vite et reviens tard

GARY
- La Vie devant soi

GAUDÉ
- La Mort du roi Tsongor
- Le Soleil des Scorta

GAUTIER
- La Morte amoureuse
- Le Capitaine Fracasse

GAVALDA
- 35 kilos d'espoir

GIDE
- Les Faux-Monnayeurs

GIONO
- Le Grand Troupeau
- Le Hussard sur le toit

GIRAUDOUX
- La guerre de Troie n'aura pas lieu

GOLDING
- Sa Majesté des Mouches

GRIMBERT
- Un secret

HEMINGWAY
- Le Vieil Homme et la Mer

HESSEL
- Indignez-vous !

HOMÈRE
- L'Odyssée

HUGO
- Le Dernier Jour d'un condamné
- Les Misérables
- Notre-Dame de Paris

HUXLEY
- Le Meilleur des mondes

IONESCO
- Rhinocéros
- La Cantatrice chauve

JARY
- Ubu roi

JENNI
- L'Art français de la guerre

JOFFO
- Un sac de billes

KAFKA
- La Métamorphose

KEROUAC
- Sur la route

KESSEL
- Le Lion

LARSSON
- Millenium I. Les hommes qui n'aimaient pas les femmes

LE CLÉZIO
- Mondo

LEVI
- Si c'est un homme

LEVY
- Et si c'était vrai…

MAALOUF
- Léon l'Africain

MALRAUX
- La Condition
  humaine

MARIVAUX
- La Double
  Inconstance
- Le Jeu de l'amour
  et du hasard

MARTINEZ
- Du domaine
  des murmures

MAUPASSANT
- Boule de suif
- Le Horla
- Une vie

MAURIAC
- Le Nœud
  de vipères

MAURIAC
- Le Sagouin

MÉRIMÉE
- Tamango
- Colomba

MERLE
- La mort est
  mon métier

MOLIÈRE
- Le Misanthrope
- L'Avare
- Le Bourgeois
  gentilhomme

MONTAIGNE
- Essais

MORPURGO
- Le Roi Arthur

MUSSET
- Lorenzaccio

MUSSO
- Que serais-je
  sans toi ?

NOTHOMB
- Stupeur et
  Tremblements

ORWELL
- La Ferme
  des animaux
- 1984

PAGNOL
- La Gloire de
  mon père

PANCOL
- Les Yeux jaunes
  des crocodiles

PASCAL
- Pensées

PENNAC
- Au bonheur
  des ogres

POE
- La Chute de la
  maison Usher

PROUST
- Du côté de
  chez Swann

QUENEAU
- Zazie dans
  le métro

QUIGNARD
- Tous les matins
  du monde

RABELAIS
- Gargantua

RACINE
- Andromaque
- Britannicus
- Phèdre

ROUSSEAU
- Confessions

ROSTAND
- Cyrano de
  Bergerac

ROWLING
- Harry Potter à
  l'école des sor-
  ciers

SAINT-EXUPÉRY
- Le Petit Prince
- Vol de nuit

SARTRE
- Huis clos
- La Nausée
- Les Mouches

SCHLINK
- Le Liseur

SCHMITT
- La Part de l'autre
- Oscar et la
  Dame rose

SEPULVEDA
- Le Vieux qui
  lisait des romans
  d'amour

SHAKESPEARE
- Roméo et Juliette

SIMENON
- Le Chien jaune

STEEMAN
- L'Assassin
  habite au 21

STEINBECK
- Des souris et
  des hommes

STENDHAL
- Le Rouge et
  le Noir

STEVENSON
- L'Île au trésor

SÜSKIND
- Le Parfum

TOLSTOÏ
- Anna Karénine

TOURNIER
- Vendredi ou
  la Vie sauvage

TOUSSAINT
- Fuir

UHLMAN
- L'Ami retrouvé

VERNE
- Le Tour
  du monde
  en 80 jours
- Vingt mille
  lieues sous
  les mers
- Voyage au
  centre de
  la terre

VIAN
- L'Écume des jours

VOLTAIRE
- Candide

WELLS
- La Guerre des
  mondes

YOURCENAR
- Mémoires
  d'Hadrien

ZOLA
- Au bonheur
  des dames
- L'Assommoir
- Germinal

ZWEIG
- Le Joueur
  d'échecs

www.lepetitlitteraire.fr

ISBN version numérique : 978-2-8062-9269-8
ISBN version papier : 978-2-8062-9270-4
Dépôt légal : D/2017/12603/67

Conception numérique : Primento,
le partenaire numérique des éditeurs.

Made in the USA
Monee, IL
07 July 2026

56545960R00020